Kai Olaf Arzinger

Der Kandersteg Bluff

Roman

Bibliografische Information der Deutschen
Nationalbibliothek:
Die Deutsche Nationalbibliothek verzeichnet diese
Publikation in der Deutschen Nationalbibliografie;
detaillierte bibliografische Daten sind im Internet über
http://dnb.dnb.de abrufbar.

© 2023 Kai Olaf Arzinger

Mein besonderer Dank gilt Urs Tremp und Olaf Gellisch.
Covermotiv: (Symbolfoto) Denis Slimonov / Shutterstock.com

Herstellung und Verlag: BoD – Books on Demand,
Norderstedt

ISBN: 978-3-7347-3309-3

Für meine Frau Eleni, in Liebe.

Dieses Buch ist ein Roman, dessen Handlung, Schauplätze und Personen frei erfunden sind. Ähnlichkeiten mit lebenden oder toten Personen sind nicht gewollt und rein zufällig.

Der Autor

Kai Olaf Arzinger wurde 1966 in Hagen geboren. Er ist verheiratet und lebt seit 1990 in der Schweiz. Er veröffentlichte zahlreiche Artikel mit geschichtlichen und numismatischen Inhalt, sowie zwei historische Sachbücher. Der Kandersteg Bluff ist sein erster Roman.

» Niemand hatte geglaubt, dass so etwas geschehen konnte. Aber es geschah, und zwar mit einer unglaublichen Präzision an drei verschiedenen Orten des Landes. «

Auszug aus dem geheimen Bericht des Schweizer Bundesanwaltes

Prolog

Es schneite bereits seit Stunden. Die fünf Wehrmachtslaster kamen nur mühsam voran. Immer wieder fuhr sich einer der mit Kisten beladenen Kraftwagen fest. Bei der Witterung würde die Fahrt bis zur Grenze noch Stunden dauern. Die Wehrmachtssoldaten, die den Tross begleiteten, froren jämmerlich. Aber ihnen war das egal. Alles war besser, als an die Front zurückkehren zu müssen.

Es war am 13. März, der Wecker zeigte acht Uhr morgens, als Olaf aus seiner kleinen Wohnung aus dem Fenster schaute. Die Badener Altstadt erwachte zum Leben. Es war ein wunderbarer Frühlingstag in der Schweiz, an dem alles begann.

Olaf lächelte, er hatte nicht erwartet, dass es im digitalen Zeitalter so einfach sein würde, den Polizeifunk zu knacken und den Funkverkehr mitzuhören. Doch nach stundenlangem Suchen im Internet war ihm das schliesslich doch gelungen.

Bald würde es losgehen. Seine ehemaligen Mitarbeiter waren bereits unterwegs. Sie kannten sich von früher, als sie gemeinsam auf einer Grossbank gearbeitet hatten. Dann hatte man ihnen gekündigt. Innerhalb von drei Monaten war das ganze Team entlassen worden.

Nun arbeiteten sie wieder zusammen. Jeder von ihnen würde eine Aufgabe zu erfüllen haben. Olaf war nervös. In den nächsten Stunden hing alles von seiner Geschicklichkeit ab, denn Olafs Aufenthaltsort durfte auf keinen Fall gefunden werden, ihr gesamter Plan wäre sonst zum Scheitern verurteilt. Er trank noch einen Schluck Kaffee.

Derweil hatte Willy die Sicherheitskontrollen am Flughafen in Zürich bereits passiert, nur noch wenige Schritte trennten ihn vom Boarding am Gate 44.

Sein Flug nach Helsinki würde pünktlich starten.

Karla hatte sich kurz vor ihm eingecheckt und würde den Sitzplatz neben ihm haben. Willy legte seinen Boardingpass auf den Scanner, das Drehkreuz gab den Weg zum Flugzeug frei. An Bord schienen alle damit beschäftigt, das Handgepäck in der oberen Ablage zu verstauen. Willy setzte sich und schnallte sich an.

Er würde sich auf Karla verlassen können. Sie lächelte ihm zu, während die Maschine startete und Richtung Helsinki abhob. Ihre Show würde beginnen, sobald die Anschnallzeichen erloschen waren.

Die unbequemen Schnürstiefel drückten, als Walter sich dem Kasernengelände in Birmensdorf näherte. Mit seinem gefälschten WK-Bescheid war es ein Einfaches, das mit Stacheldraht umzäunte Gelände zu betreten.

Er sah sich um, nichts schien sich seit seiner Rekrutenzeit verändert zu haben.

Ungehindert marschierte er auf die in einer Reihe geparkten Schützenpanzer zu. Niemand sprach ihn an, weit und breit war kein Wachsoldat zu sehen.

Er wusste aus eigener Erfahrung, welche Verheerung die 30 - mm - Kanone des Panzers anrichten konnte.

Walter hatte den ersten Schützenpanzer erreicht. Ein Blick reichte ihm um zu erkennen, dass der Panzer einsatzbereit war, vollbetankt und munitioniert.

In wenigen Minuten würde er mit ihm das Kasernengelände verlassen.

Er kletterte auf die niedrige Turmkuppel, in der sich die drehbare Maschinenkanone befand. Dann schlüpfte er durch den engen Einstieg hinab zum Fahrersitz. Er schloss den Turmdeckel und begann in aller Ruhe, die Instrumententafel zu kontrollieren. Dann startete er den schweren Dieselmotor, eine schwarze Wolke kam aus dem Auspuff. Langsam rollte er über dem Platz.

Ein paar Rekruten signalisierten ihm zu stoppen, aber Walter fuhr unbeirrt auf das Kasernentor zu. In zehn Minuten würde er sein Ziel in der Zürcher Innenstadt erreicht haben.

Wie an jedem schönen Morgen sass Heinrich Heini auf seinem Balkon. Er wunderte sich nicht schlecht, als er einen Panzer vorbeifahren sah.

Edi hatte alles, was er für die nächsten Stunden benötigte, im Kofferraum seines Wagens verstaut. Er kam zügig auf der engen Bergstrasse in Richtung Kandersteg voran. Heute gab es keine gepanzerten Konvois, die in Richtung Bunker unterwegs waren. Weit und breit war kein Mensch zu sehen.

Nach wenigen Minuten stellte er seinen Wagen vor dem Bunkereingang ab.

Edi blickte sich um, weit und breit war kein Mensch zu sehen. Er blockierte mit seinem Auto die Zufahrt zum Gelände, dann näherte er sich dem Eingangstor, das mit Stacheldraht und Kameras gesichert war. Er drückte die Sprechtaste.

» Hallo, ist da jemand ? «

Ein kurzes Summen ertönte, am anderen Ende meldete sich eine Stimme.

» Ja, was möchten sie ? «

» Ich habe eine Reifenpanne und keinen Wagenheber dabei. Können sie mir bitte helfen ? «

Die Stimme am anderen Ende zögerte einen Moment.

» Ähm, da können sie aber nicht stehen bleiben, sie blockieren die ganze Zufahrt. «

» Alleine kann ich den Wagen aber nicht zur Seite schieben « antwortete Edi. Am anderen Ende schien jemand nach-zu-denken, bevor er antwortete.

» Gut, dann warten sie bitte einen Moment, ich komme raus und werde ihnen helfen. «

Ein Security Mann kam aus dem Gebäude. Zu seiner Freude bemerkte Edi, dass er unbewaffnet war und die Tür zum Wachhaus nicht wieder verschloss. Edi winkte ihm zu.

» Schön, dass sie mir helfen. «

Der Security Mann murmelte etwas Unverständliches und suchte vergeblich nach dem platten Reifen an Edis Wagen.

Edi handelte schnell, blitzschnell, in nicht einmal zwei Minuten hatte er ihn gefesselt und geknebelt. Er legte ihn über seine Schulter und trug ihn zurück in das Wachgebäude. Alles war viel einfacher gegangen, als er gedacht hatte. Dann holte er seinen Wagen auf das Gelände und verschloss das Tor. Er nahm eines seiner Handys aus der Tasche und telefonierte.

» Olaf, die Aktion war erfolgreich, ich mach mich jetzt auf die Suche. «

Dann drang er tiefer in den Bunker ein, gespannt, was ihn erwarten würde.

Olaf war zufrieden, als nächster würde sich Walter bei ihm melden.

Ohne Probleme hatte Walter den Panzer durch die Innenstadt gefahren. Nun stand er vor dem Portal der Schweizerischen Nationalbank. Drohend richtete er die Kanone auf einen der Eingänge. Am Fenster zeigten sich erstaunte Gesichter. Dann hörte er auch schon die ersten Polizeisirenen.

» Hier ist Walter – ich stehe jetzt vor der Bank. «

Die Anschnallzeichen erloschen, als die Maschine ihre geplante Flughöhe erreicht hatte.

» Jetzt ? « fragte Karla. Willy nickte ihr zu. » Ja, jetzt ! «

Mit einer raschen Bewegung umklammerte er Klaras Hals und drückte ihr die Spitze eines Kugelschreibers an die Halsschlagader.

» Dies ist eine Flugzeugentführung « rief er laut » Wenn sich alle ruhig verhalten, wird niemandem etwas passieren. «

In der hintersten Reihe begann eine Frau zu schreien.

» Bitte, machen Sie sich nicht unglücklich « meinte eine der Stewardessen. » Lassen sie die Frau los. «

Willy sah sie an und drückte Klara den Schreiber noch fester an den Hals.

» Gehen Sie und informieren Sie den Piloten, dass er in den Schweizer Luftraum umkehrt und umgehend nach Zürich zurückfliegt. Los, machen Sie schon, mir ist es ernst. «

Die Stewardess schien einen kurzen Moment zu zögern, dann ging sie durch die Sitzreihen nach vorne und klopfte an die Tür zum Cockpit. Ihr wurde geöffnet. Kurz darauf zeigte sich der Pilot. Willy sah zu seiner Freude, dass dieser ein alter Hase war und nichts Unüberlegtes tun würde.

» Was sind ihre Forderungen ? « fragte der Pilot mit ruhiger Stimme.

» Kehren sie in den Schweizer Luftraum zurück, melden sie die Flugzeugentführung und landen sie wieder in Zürich. «

Der Pilot nickte nur kurz und verschwand wieder. Sekunden später machte die Maschine eine leichte Linkskurve und kehrte zum Startflughafen zurück.

Willy schaute aus dem Fenster, ja, da waren sie auch schon, zwei Abfangjäger der Schweizer Luftwaffe, sie würden von nun an die Passagiermaschine nicht mehr aus den Augen lassen. Er hob die Hand, niemand sah den Salut, den Willy seinen ehemaligen Kameraden zollte, dann lehnte er sich bequem zurück. Kein Grund beunruhigt zu sein, es verlief alles wie geplant.

Skyguide, Schweizer Flugsicherung, Zürich Kloten.

Es klopfte an der Bürotür.

» Chef, wir haben eine Flugzeugentführung mit Geisel-nahme. Der Flug LX221 von Zürich nach Helsinki wurde gekidnappt. Die Maschine ist in den Schweizer Luftraum zurückgekehrt und wird in Kürze in Zürich landen. «

» Das Notfallszenario wurde bereits eingeleitet ? « fragte der Chef der Flugsicherung.

» Ja ! « antwortete ihm der Fluglotse. » Alle wurden bereits verständigt. «

» Gut, dann mal los. «

Swiss LX221 setzte zur Landung in Kloten an. Abseits der Piste wurde die Maschine bereits von der Flughafenfeuerwehr und der Polizei erwartet.

Willy erhob sich und nahm das Bordmikrofon in die Hand.

» Meine Damen und Herren, ich bitte Sie, ruhig sitzen-zubleiben. In spätestens einer halben Stunde werden Sie alle das Flugzeug verlassen können. «

Er sah die Erleichterung auf den Gesichtern der Passagiere. Dann drehte er sich zu den Piloten im Cockpit um.

» Herr Kapitän, bitte treffen Sie alle Massnahmen, damit die Passagiere schnellstens das Flugzeug verlassen können, « sagte Willy.

» Nur Sie bleiben noch mit uns an Bord, wie heissen Sie übrigens ? «

» Deville - Flugkapitän Robert Deville. «

Am Flughafen herrsche nervöse Spannung. Die Türen des Flugzeugs öffneten sich, und für einen kurzen Moment war die Gestalt einer Stewardess zu sehen. Die Gangway wurde herangeschoben, mehrere Busse standen mit laufenden Motoren bereit.

» Eine merkwürdige Geschichte. Die Entführer lassen alles Geiseln frei, stellen aber keine einzige Forderung, « meinte einer der anwesenden Flughafenpolizisten. Sein Kollege zuckte mit den Schultern.

» Ja, das verstehe ich auch nicht. «

Ruhig und einer nach dem anderen verliessen die Passagiere das Flugzeug. Nun waren nur noch Willy, Karla und Kapitän Deville an Bord des Airbus. Deville staunte nicht schlecht als er sah, wie Karla Willy umarmte und ihm einen Kuss gab.

Auf der Polizeifrequenz hörte Olaf derweil, wie man Verstärkung und Spezialkräfte an den Flughafen und an den Paradeplatz beorderte.

Vor der Nationalbank hatte sich mittlerweile eine grosse Menschenmenge versammelt. Einige Polizisten versuchten eine Absperrung zu errichten, aber gegen die vielen Neugierigen und Selfie-Süchtigen waren sie machtlos. Sie zogen sich einstweilen zurück und warteten auf die von ihnen angeforderte Verstärkung.

Im Bundeshaus in Bern herrschte bis dahin friedliche Ruhe. Doch dann nahmen die Ereignisse ihren Lauf.

» Herr Bundesrat ? Haben Sie einmal einen Moment Zeit ? Wir haben so eben einen Sicherheitsverstoss aus dem Kanderstegbunker erhalten. So wie es aussieht haben wir einen oder mehrere Eindringlinge im vorderen Teil des Bunkers. «

Der Bundesrat schaute seinen Assistenten ungläubig an.

» Was ? Können die eventuell bis in den hintersten und geheimsten Teil des Bunkers vordringen ? Ich dachte, die Anlage sei auf dem letzten Sicherheitsstand und ein unbefugter Zutritt gänzlich unmöglich ? «

Sein Assistent zuckte mit den Schultern.

» Ich glaube, es wäre besser, ein paar Soldaten zur Aufklärung zu senden. «

Mittlerweile war es der Zürcher Polizei gelungen, die Menge der Schaulustigen zurückzudrängen und die Strassen rund um die Nationalbank abzusperren. Nun lief die Evakuierung einiger angrenzender Büro- und Geschäftsgebäude. Ende des Tages sollten rund zweitausend Leute evakuiert worden sein. Zeitweise kam der Verkehr in der Innenstadt komplett zum Erliegen, weite Teile der Geschäftswelt standen still.

» Was machen wir nun ? Sprengen wir diesen Panzer in die Luft ? « fragte einer der herumstehenden Polizisten.

» Stirnimann, ich glaube, Sie spinnen komplett. Was meinen Sie denn, was passiert, wenn wir hier zwanzig Tonnen Stahl in die Luft jagen ? Denken sie an die Schäden und an mögliche Opfer. Was meinen Sie, was die Öffentlichkeit dazu sagen würde ? Nein, uns bleibt nichts anderes übrig als mit der Besatzung zu verhandeln. Weiss jemand, wie wir mit dieser Blechbüchse eine Verbindung herstellen können ? «

Ein ehemaliger Panzerrekrut wusste die Lösung: das Aussentelefon am Heck des Panzers.

Es klopfte auf Stahl, gleichzeitig leuchtete das Telefon im Inneren des Panzers auf.

» Hallo, können sie mich verstehen ? Mein Name ist Beat Hurni, ich bin von der Zürcher Polizei. «

» Grüezi, Herr Hurni, ich höre Sie laut und deutlich, « antwortete Walter am anderen Ende der Leitung.

» Wie lauten ihre Forderungen ? « fragte Hurni. » Ich bin befugt, mit Ihnen über alles zu verhandeln. «

Walter schaute kurz auf seine Armbanduhr, gemäss ihrem Zeitplan sollte Olaf in wenigen Minuten an die Öffentlichkeit treten.

» Wir werden Sie das rechtzeitig wissen lassen. « Dann legte er das Telefon auf, die Verbindung war unterbrochen.

Für Hurni war klar, dass sich mehrere Personen im Panzer befanden. Von nun an stellte er sich auf einen langen Tag ein.

Es knackte, plötzlich wurde der Polizeifunk unterbrochen. Eine unbekannte Stimme ertönte, es war Olafs Stimme.

» Wer zum Teufel ist das und wie in drei Teufels Namen kann er unseren Funk knacken ? « fragte Hurni. » Was läuft hier eigentlich ab ? «

Ein Achselzucken war die Antwort. Wieder ertönte die Stimme im Funkgerät.

» Hallo, hören Sie mich ? Wäre jemand von Ihnen bitte so nett, das Gerät zu bedienen und mir zu antworten ? Ich habe nicht den ganzen Tag lang Zeit.«

Hurni sah sich um. Zu seinem Ärger stellte er fest, dass er der dienst- und ranghöchste Beamte war. Zwangsläufig musste er also das Kommando übernehmen. Wäre ich heute morgen bloss nicht aus dem Haus gegangen, dachte er, als er das Funkgerät in die Hand nahm.

» Ja, hier spricht Beat Hurni. Ich bin von der Zürcher Polizei und höre Sie laut und deutlich. «

Aber Olaf hatte bereits aufgelegt und liess Hurni erst einmal im Ungewissen.

Edi sah sich um, er konnte es kaum glauben, dass der Bunker kaum gesichert war. Bisher gab es keine Spur von modernster Sicherheitstechnik und tödlichen Fallen, die unerwünschte Besucher vom Bunkerinneren fernhalten sollten.

Edi grinste zufrieden, ihm sollte es recht sein.

Zwischenzeitlich hatte er es sich in der Wachbaracke bequem gemacht. Sein Equipment war installiert, sein Wagen blockierte die Zufahrt und gleichzeitig den Eingang zum Bunker. Weitere Security Leute hatten sich nicht blicken lassen. Offenbar hatte man auch an ihnen gespart. Er hatte nun genug Zeit um Olaf zu kontaktieren.

» Hier ist Edi – ich kann Dir, die ersten Bilder zusenden. Sag mir ob es das ist, wonach Du suchst. «

Leutnant Pohl führte derweil seinen Zug die Strasse zum Bunker hinauf. Er war verunsichert, da er nicht wusste, was ihn dort oben erwarten würde. Für den schlimmsten Fall waren alle mit scharfer Munition ausgerüstet worden. Pohl hoffte insgeheim auf einen Fehlalarm, wurde aber eines Besseren belehrt, als er Edis Wagen sah, der den Zugang zum Bunker sperrte und gleichzeitig vor neugierigen Blicken schützte. Pohl liess seine Männer stoppen und begann nachzudenken.

Doch er kam in seinen Überlegungen keinen Schritt weiter. Er konnte sich nicht vorstellen, mit wem er es in der Baracke zu tun bekommen würde. War es lediglich eine Gruppe betrunkener oder bekiffter Kids oder eine Gruppe von schwerbewaffneten Terroristen ? Was sollte er tun ? Stürmen und dabei möglicherweise das Leben seiner Männer in Gefahr bringen ? Verhandlungen aufnehmen oder auf Instruktionen warten ? Er zögerte, weitere Befehle zu erteilen und vergrub stattdessen seine Hände in den Hosentaschen.

In der Zwischenzeit hatte Edi den Trupp Soldaten bemerkt. Er musste Zeit gewinnen und hoffte inständig, dass keiner der Soldaten da draussen die Nerven verlor. Er konnte alles andere besser gebrauchen als eine sinnlose Schiesserei.

» Hier Flugkapitän Deville. Ja, ich verbinde Sie weiter. « Bevor Willy übernahm, schaute er noch einmal aus dem Fenster. Die Busse waren bereits abgefahren, nur noch Feuer-wehr und Polizei standen auf dem Rollfeld bereit. Willy sah einen Mann in Zivil winken.

» Sehen Sie mich, ich winke Ihnen gerade zu. Mein Name ist Schnyder, ich bin für die Sicherheit hier am Flughafen Zürich verantwortlich. Können wir miteinander besprechen, wie es nun weitergeht ? Sonst stehe ich mir die die Beine umsonst in den Bauch.«

Willy lächelte, die offene Art des Mannes gefiel ihm.

» Es dauert nicht mehr lange, dann werden sie informiert.«

Damit musste sich Schnyder wohl oder übel in Geduld üben.

Olaf nahm eines seiner Handys vom Tisch und rief nacheinander seine Leute an. Die Verbindungen kamen mühelos zustande. Im Abstand von nur wenigen Minuten hatte er alle drei erreicht.

» Das Spiel hat begonnen «, war alles, was er ihnen sagte.

Walter war froh, dass es endlich losging, ihm war es in dem Panzer zu eng und seine Beine begannen zu schmerzten.

Edi wartete gespannt darauf, was die Soldaten demnächst machen würden, während Willy Karla im Arm hielt und den Piloten zu sich rief:

» Kapitän Deville, seien Sie doch bitte so lieb, und setzen Sie sich zu uns. «

Deville setzte sich, neugierig auf das, was demnächst noch passieren würde.

Mittlerweile hatten die Medien Wind davon bekommen, dass sich etwas Ungewöhnliches abspielte. Fernsehen, Radio und

Online Medien überschlugen sich mit Livereportagen und Livetickern zu den beiden Ereignissen am Paradeplatz und am Flughafen Zürich. Obwohl nichts Genaues bekannt war und bisher keine Forderungen gestellt wurden, hatten sich unzählige Kamerateams am Paradeplatz in Stellung gebracht. Jeder wollte Bilder von dem Panzer zeigen, der gegenüber der Schweizer Nationalbank stand und seine Kanone drohend auf die Fassade richtete.

Eine junge Reporterin hielt Hurni ihr Mikro unter die Nase und bat ihn um ein kurzes Statement. Er wimmelte sie ab und ging an ihr vorbei. » Kein Kommentar ! «

Auch auf der Besucherplattform am Flughafen drängten sich die Medienleute in Scharen und behinderten sich dabei gegenseitig, während sie versuchten, die besten Bilder von der entführten Maschine zu bekommen. In der Zwischenzeit zirkulierten bereits die wildesten Gerüchte. Von Terroristen bis hin zu durchgeknallten Rekruten war dabei die Rede. Getoppt wurde dies nur von der amerikanischen Botschaft, die eine Terrorwarnung für die Schweiz herausgab.

Leutnant Pohl kam endlich zu einer Entscheidung. Er nahm das Funkgerät in die Hand.

» Bitte kommen, hier spricht Leutnant Pohl. Mein Trupp hat vor dem Bunkereingang Stellung bezogen. Der Zugang ist blockiert, ein Zutritt ist nur gewaltsam möglich. Ich erwarte weitere Instruktionen. Over and out . «

Pohl fand Instruktionen abzuwarten immer gut. Sollten andere ruhig die Verantwortung übernehmen.

Doch das Funkgerät rauschte viel früher, als Pohl erwartet hatte.

» Hier Oberst Steiner, was heisst hier, der Zutritt zum Bunker ist blockiert ? Sie wissen schon, dass wir von einem Objekt von nationaler Sicherheit reden ? Da kann man nicht so mir nichts, dir nichts wie in einem Museum oder Supermarkt hereinspazieren. Finden Sie schnellstens heraus, was passiert ist und melden Sie sich dann wieder bei mir. «

Pohl geriet ins Schwitzen. So einfach war die Sache wohl doch nicht.

» Herr Hurni, kommen sie rasch, man möchte Sie sprechen «, rief einer der anwesenden Polizisten. Hurni eilte zum bereitstehenden Funkgerät. Am anderen Ende sprach Olaf.

» Hören Sie jetzt bitte gut zu, ich werde ausschliesslich mit Ihnen verhandeln. Sie wissen, dass es gleichzeitig eine Flugzeugentführung gegeben hat. Dahinter stecken auch wir. In Kürze werden Sie zudem von einem dritten Vorfall hören. Sorgen sie dafür, dass eine Standleitung eingerichtet wird, auf der wir zwei uns jederzeit ungestört unterhalten können. Zu gegebener Zeit werden wir dann auch unsere Forderungen bekanntgeben. «

Hurni schaute sich suchend um. Die weiteren Verhandlungen konnten nicht mehr auf offener Strasse stattfinden. Sie benötigten dringend ein Einsatzbüro. Eine zentrale Leitstelle, in der alle Fäden zusammenliefen. Er dachte kurz nach. Nebenan waren mehrere Bürogebäude evakuiert und frei geworden. Dort würden sie sicherlich die benötigte Infra-struktur vorfinden. Sollte sich der technische Dienst der Polizei einmal darum kümmern.

Hurni erteilte die entsprechenden Anweisungen.

Am Flughafen war es ruhig geworden. Schnyder fluchte: » Die Entführer haben wirklich die Ruhe weg. Wahrscheinlich schlürfen die sogar Champagner, während wir uns die Füsse plattstehen. Wird Zeit, dass etwas passiert und wir die Sache zu einem Ende bringen können. «

Ein Polizeiwagen näherte sich mit Blaulicht der abgestellten Maschine. Einer der Beamten stieg aus und fragte nach Schnyder. Man zeigte ihm, wo er zu finden war.

» Herr Schnyder ? Sie möchten sich mit einem Herrn Beat Hurni in Verbindung setzen. Er leitet einen Einsatz am Paradeplatz. Es scheint sehr wichtig zu sein. «

Schnyder rief zurück und erfuhr in kürzester Zeit, dass die Flugzeugentführung und der Panzer vor der Nationalbank das Werk von ein und denselben Leuten war. Erstaun-licherweise gab es auch am Paradeplatz keine Forderung.

Man beschloss, dass ab sofort die beiden Fälle unter der Leitung von Hurni am Paradeplatz koordiniert würden. Schnyder war das recht, er hatte sowieso den Eindruck, dass der Tag noch eine weitere Überraschung für sie bereithielt.

Pohl liess derweil seine Leute in Deckung gehen. » Egal was passiert. Geschossen wird erst, wenn ich euch den Befehl dazu gebe. Ich werde jetzt mit den Leuten dort drinnen reden. «

Dann ging er langsam mit dem Sturmgewehr in der Hand zum Tor. Edi sah Pohl kommen und trat langsam aus der Wachstube heraus.

» Halt ! Stopp und kommen Sie keinen Schritt weiter ! «

rief er.

Pohl blieb stehen. » Ich soll mit Ihnen reden und fragen, was Sie hier machen. «

Edi lächelte. » Das werden wir Sie schon bald wissen lassen. «

Pohl wusste nicht so genau, was er von dieser Antwort halten sollte, verunsichert fragte er daher zurück: » Wer sind wir ? Und was soll ich meinem Vorgesetzen melden ? «

» Man wird sich rechtzeitig mit ihm in Verbindung setzen. «

Edi drehte sich um und liess Leutnant Pohl einfach stehen. Pohl sah die fragenden Blicke seiner Männer auf sich gerichtet. Was würde nun passieren ? Pohl sagte es ihnen.

» Wir bleiben hier in Stellung. Niemand geht rein und niemand kommt raus ! «

Er konnte nicht ahnen, dass es genau das war, was Edi beabsichtigt hatte.

Langsam und unbemerkt näherte sich ein Trupp schwarz maskierter Männer dem Flugzeug. Hinter einem der parkenden Polizeiwagen gingen die Scharfschützen in Position. Zur gleichen Zeit huschte eine weitere Einheit Vermummter hoch über den Dächern der Nationalbank herum. » Ziel eins und Ziel zwei sind anvisiert. «

Walter wurde es in dem Panzer allmählich unbequem, die Enge machte ihm zu schaffen. Er schaute aus einem der Sehschlitze. In mehreren hundert Meter Entfernung konnte er die Absperrung der Polizei erkennen und dann sah er sie, die Sondereinheit der Polizei. Ein halbes Dutzend Scharfschützen, die in Stellung gegangen waren und auf ihn zielten.

Willy stand auf, um sich die Beine zu vertreten. Langsam ging er auf die offene Flugzeugtüre zu.

» Das würde ich an Ihrer Stelle hübsch sein lassen « meinte Kapitän Deville und zeigte dabei nach draussen. » Die haben dort draussen vor wenigen Minuten Scharfschützen in Stellung gebracht und wenn sie sich an der Tür zeigen, macht es peng und sie sind ein toter Mann. «

Willy sah Deville einen Moment lang überrascht an, dann verstand er und ging langsam er zu seinem Sitz zurück.

» Mist, daran habe ich gar nicht gedacht. « Willy nahm das Telefon in die Hand und wählte Olafs Nummer. » Olaf, bei mir wimmelt es von Scharfschützen, ich vermute, bei Walter und Edi wird es nicht viel anders aussehen. «

Ich kümmere mich drum, war Olafs knappe Antwort. Er war beunruhigt, denn der ganze Plan würde scheitern, wenn auch nur ein einziger Schuss fallen würde. Er dachte eine Weile nach, bevor er Hurni anrief.

» Unsere erste Bedingung lautet, ziehen Sie sofort ihre Scharfschützen ab und zwar alle. «

Hurni sah sich um. Diese verdammten Idioten, dachte er, wie kann man sich nur so positionieren und auf dem Präsentierteller zeigen ? Er würde dem Einsatzleiter einen gründlichen Rüffel erteilen, bevor er ihn in die Wüste schicken würde. Dann rief er Meier, Müller und Schulze herbei. Es war Zeit, seine engsten Mitarbeiter auf die kommenden Ereignisse vorzubereiten.

Oberst Steiners Telefon läutete. Mit einem ungutem Gefühl im Bauch nahm er den Hörer ab.

» Hier Börne, Assistent im Bundeshaus. Oberst Steiner, wie sieht die Lage bei Ihnen aus ? Haben Sie mittlerweile herausgefunden, was in Kandersteg passiert ist ? Der Herr

Bundesrat möchte einen klaren Lagebericht von Ihnen bekommen. «

Verärgert setzte sich Oberst Steiner mit Pohl in Verbindung.

» Leutnant Pohl, was können sie berichten ? Mittlerweile fragt mich sogar der Bundesrat an, was bei euch da oben los ist. «

In kurzen Worten schilderte ihm Pohl die Lage. Oberst Steiner war alles andere als erfreut und beschloss, den Spähtrupp Pohl vor Ort aufzusuchen.

Mittlerweile hatte Hurni sein provisorisches Hauptquartier am Paradeplatz eingerichtet. Schnyder war ihm seither nicht mehr von der Seite gewichen. Ebenso Meier, Müller und Schulze, die Hurni kurzfristig zu seinen persönlichen Assis-tenten ernannt hatte.

» Nehmt bitte alle Platz «, meinte er und zeigte dabei auf ein paar freie Bürostühle im Raum. » Ich möchte mit Euch über das weitere Vorgehen reden. Was können wir machen ? Bisher wurden keine Forderungen gestellt. Ehrlich gesagt, ich habe keine Ahnung, was die beiden Aktionen von heute bewirken sollen. Eine Flugzeugentführung, bei der alle Geiseln freigelassen wurden und ein geklauter Panzer, der eigentlich nichts anderes macht, als vor der Nationalbank zu parken. In drei Teufels Namen frage ich mich, was das alles zu bedeuten hat ? Was erwartet man von uns ? Kann mir das bitte einer einmal versuchen das zu erklären ? «

» Naja « , meinte Schnyder, der als erster antwortete. « Was das Flugzeug anbelangt, das kann man immer noch jederzeit in die Luft sprengen und gemäss letztem Stand der Dinge werden immer noch der Pilot und eine Frau als Geisel gehalten. Und was den Panzer anbelangt, da können wir froh sein, dass bisher niemand plattgewalzt wurde oder auch nur ein einziger Schuss abgefeuert wurde. So gesehen verläuft alles bisher gewaltfrei. «

» Entschuldigung « warf Meier ein » Gewaltfrei ja, aber trotzdem kriminell. «

Schnyder nickte zustimmend.

» Die Frage ist doch, wie kommen wir an die Täter heran ? Oder wollen wir uns auf kommende, zähe Verhandlungen einlassen ? « meinte Schulze. Hurni schüttelte energisch den Kopf.

» Wenn wir irgendeine Ahnung hätten, was mit den beiden Aktionen eigentlich bezweckt wird, wären wir schon ein gutes Stück weiter, aber so hängen wir gänzlich in der Schwebe. Müller, haben wir irgendeine Option, den oder die Täter auszuschalten ? Oder können wir wenigstens den Aufenthaltsort ihres Chefs lokalisieren ? «

Müller zuckte mit den Schultern. » Wie sie wissen, haben wir unsere Scharfschützen abziehen müssen. Sie sind aber immer noch vor Ort und könnten jederzeit wieder in das Geschehen eingreifen. Vorausgesetzt, sie werden dabei nicht wieder entdeckt. Was den Panzer anbelangt, da haben wir zwei Optionen. Den können wir einerseits in die Luft jagen oder wir könnten es mit Gas versuchen. Bei Option eins gibt es eine Riesensauerei, für die ich persönlich keine Verantwortung übernehmen würde, und bei Option zwei kommt es darauf an, wie der Betroffene im Panzer reagiert. Im schlimmsten Fall jagt er noch tausend Schuss raus, bevor er ohnmächtig wird. Also wenn Ihr mich fragt, sind das beides keine besonders guten Möglichkeiten. «

Hurni wandte sich nun an Meier.

» Was meinen Sie, finden wir vielleicht den Chef, der sich in unseren Funk eingehackt hat ? Können wir seinen Standort lokalisieren und rückverfolgen ? Was sagen unsere Techniker dazu ? Ist das vielleicht möglich ? «

Meier dachte kurz nach, bevor er ihm antwortete.

» Tja, Chef, das ist alles eine Frage der Zeit. Um das Signal zurückzuverfolgen zu können, müssen wir erst einmal grob wissen, wo es herkommt. Dann können wir einen Funkspürwagen losschicken und der könnte das Signal auf fünf Meter genau orten. Wohlgemerkt, nur wenn wir eine Ahnung haben, wo wir den Spürwagen hinsenden sollen. Ansonsten gleicht das alles der Suche nach einer Nadel im Heuhaufen. Etwas anderes wäre es, wenn man uns vom Handy aus anrufen würde, dann könnten wir ihn schneller orten, wenn wir die einzelnen Funkzellen zurückverfolgen. Aber ehrlich gesagt, glaube ich nicht, dass er so blöd ist und uns per Handy kontaktiert. «

Hurni schaute Meier kurz an, dann schlug er sich an die Stirn.

» Mensch das ist es, was meint Ihr denn, auf welche Art und Weise der Flugzeugentführer oder die Panzerbesatzung kommunizieren und ihre Befehle erhalten ? Natürlich über das Mobilfunknetz. Sie telefonieren untereinander mit Handys. Damit kriegen wir sie, Meier veranlassen Sie alles Nötige. Wir werden jetzt einmal für eine rege Kommunikation unter ihnen sorgen und sie ein wenig aufscheuchen. Los, auf geht es ! «

Nervöse Täter machen Fehler, das war eine Chance, die sie nutzen sollten.

Karla schaute kurz nach draussen auf das Rollfeld, dann stiess sie Willy an. » Willy, schau bitte einmal nach draussen. Was machen die da, ziehen die sich etwa zurück ? «

Willy konnte sich das Gewimmel auf der Rollbahn auch nicht erklären. Warum fuhren die Einsatzfahrzeuge der Polizei ständig auf und ab ? Was wollten sie damit bezwecken ? Wollte man sie auf dieser Art und Weise vielleicht ein-schüchtern und nervös machen ?

Fast gleichzeitig läutete das Telefon im Panzer. » Hallo ? « fragte Walter. Aber am anderen Ende ertönte nur ein Knacken und Rauschen, danach herrschte Stille. Nach etwa dreissig Sekunden passierte noch einmal dasselbe. Genervt hängte Walter das Telefon ein. Was sollte das ?

Hurni blickte Schnyder an und lächelte: » Jetzt werden sie nervös, wetten, dass Sie gleich wie wild untereinander telefonieren werden ? Sehen sie zu, dass unsere Techniker jetzt nicht schlafen und ihre Anrufe zurückverfolgen können. «

Willy nahm sein Handy und meinte zu Karla:

» Ich glaube, ich rufe Olaf einmal an. Vielleicht kann er sich einen Reim darauf machen. Irgendetwas ist da draussen im Busch ! Die planen bestimmt etwas. «

Zwischenzeitlich war einer der Polizisten am Paradeplatz auf den Gedanken gekommen Steinchen auf den Panzer zu werfen. Walter hörte jedesmal das » tingting «, wenn einer der Kiesel auf den Stahl traf.

» Hier ist Willy. Ich weiss nicht, was die Einsatzkräfte hier am Flughafen mit uns vorhaben, aber die flitzen die ganze Zeit mit Blaulicht auf und ab. «

Eine komische Geschichte, denn vor wenigen Minuten hatte ihn Walter bereits angerufen. Olaf dachte angestrengt nach. Dann war ihm schlagartig klar.

» Auflegen, sofort auflegen. Die verfolgen eure jetzigen Anrufe, um mich zu orten. Telefoniert ab sofort nicht mehr mit dieser Handynummer, schmeisst sie weg und tauscht sie aus ! Verwendet den SIM-Satz Nummer zwei. Ich rufe Euch dann wieder an. «

Einer der Techniker kam auf Hurni zu.

» Die Zeit war leider zu kurz, um ihn orten zu können. Wir haben das Signal nur bis in den Raum Spreitenbach verfolgen können. Dann haben sie aufgelegt. Wir hatten keine Chance, einen genauen Standort zu ermitteln. Jetzt werden sie bestimmt eine Weile pausieren und die Rufnummern ändern. Wie auch immer, ich glaube nicht, dass wir so zum Ziel kommen und ihren Chef lokalisieren können. «

Hurni zuckte mit den Schultern. Irgendwie war ihm klar gewesen, dass es nicht so einfach sein würde, den Kopf der Bande zu finden und dann auszuschalten. Aber immerhin war es einen Versuch wert gewesen.

» Lassen sie das Orten sein, es muss auch noch einen anderen Weg geben. «

Olaf schritt in der Wohnung auf und ab. Er war beunruhigt. Hoffentlich war die Zeit zu kurz gewesen, um die Handy-anrufe zurückzuverfolgen. Er schaute auf die Strasse, dort sah alles ganz normal aus. Olaf nahm ein anderes Handy, mit einer neuen Nummer aus der Schublade, dann rief er Walter und Edi zurück.

Mittlerweile war Oberst Steiner am Bunker angekommen. Pohl grüsste steif.

» Und ? « Pohl zeigte mit dem Arm auf den Eingang.

» Dort sind sie verschanzt. Wie Sie sehen blockiert zudem ein Wagen sowohl die Sicht als auch den Zugang. Was mit den Security - Leuten passiert ist, wissen wir nicht. Ob die da drüben bewaffnet sind, haben wir nicht feststellen können. Bisher hat zumindest niemand auf uns geschossen. For-derungen wurden auch keine übermittelt. Kurzum, hier hat sich in den letzten Stunden nichts ereignet, die sind da drinnen und wir warten hier draussen. «

Oberst Steiner kratze sich am linken Ohr, wer ihn kannte, wusste, dass er gerade am Nachdenken war.

» Geben sie einmal das Funkgerät her «, meinte er dann zu einem der umstehenden Soldaten.

» Hier ist Oberst Steiner, stellen Sie mir sofort eine Verbindung zu Herrn Börne, Assistent im Bundeshaus, her. Was ? Wie Sie das machen, ist mir doch egal. Ich will, dass die Verbindung in den nächsten fünf Minuten zustande kommt. Habe ich mich klar ausgedrückt, Gefreiter Feldmann ? Ansonsten ziehe ich sie persönlich zur Verantwortung und reisse ihnen den Kopf ab ! «

Oberst Steiner war stinksauer.

Walter war mittlerweile gereizt. 80 Steine hatte er bisher gezählt, und das ewige » tingting « nervte ihn gewaltig. Er setzte den Turm des Panzers in Bewegung und richtete die Kanone auf eines der sich in der Nähe befindlichen Polizeifahrzeuge. Mit Genugtuung sah er, wie Polizisten in Deckung hechteten und versuchten, aus seiner Schusslinie herauszukommen. Das ist schon besser dachte er, viel besser. Das nervende » tingting « unterblieb.

» Hurni, lassen Sie die blödsinnigen Aktionen sofort sein. Was soll die Blaulichtraserei am Flughafen, und was sollen ihre Psychospielchen an der Parade ? Wir sind hier nicht im Kindergarten. «

Es war Olafs Stimme, die die operative Hektik in der Einsatzzentrale für einen kurzen Moment unterbrach.

Hurni beschloss Olafs Frage zu ignorieren. Er riss die Initiative an sich.

» Bitte, sagen Sie uns, was Sie wollen. Was sind Ihre Forderungen ? Was müssen wir tun, damit die Entführung und die Belagerung der Nationalbank beendet werden ? «

Es klackte. Danach war nur noch ein Rauschen zu hören.

Olaf plante derweil die nächsten Schritte. Allmählich wurde es Zeit, dass Presse und Fernsehen auch auf die Ereignisse in Kandersteg aufmerksam wurden. Der Druck musste jetzt unbedingt erhöht werden. Er versandte die SMS, bevor er mit jedem einzelnen aus seinem Team telefonierte.

» Die Operation Kandersteg hat begonnen. « war alles, was er ihnen mitteilte. Dann schaute er nach draussen auf die Strasse. Alles sah normal aus. Olaf war zufrieden, die entscheidende Phase hatte begonnen.

Willy überlegte gerade, ob sie noch ein Fläschchen Champagner trinken sollten. Flugkapitän Deville nahm ihm dankenswerterweise die Entscheidung ab.

» Ich glaube, es wird noch etwas länger dauern, da nehmen Sie noch eine Flasche, wir haben genug davon an Bord. «

Willy sah ihm ins Gesicht. Kein Zeichen von Angst war zu erkennen. Unglaublich, mit welcher Coolness Deville auf seine Entführung reagierte.

» Hier Börne aus dem Bundeshaus. Wie ist die Lage ? Welche Informationen haben sie für den Herrn Bundesrat ? «

Steiner begann zu stottern: » Ja, mmh, welche Informationen meinen Sie ? «

Bevor Börne dem Bundesrat das Telefon gab, flüsterte er ihm ins Ohr: » Scheint nicht der Hellste zu sein, dieser Oberst Steiner. «

Der Bundesrat verdrehte die Augen, dann nahm er den Hörer selbst in die Hand.

» Oberst Steiner, hören Sie mich ? Was ist da oben bei Ihnen passiert ? Was können Sie mir Aktuelles berichten ? «

Steiner antwortete militärisch knapp:

» Hier ist jemand eingedrungen und hat offenbar einen Security - Mann als Geisel genommen. Es wurden bisher keine Forderungen gestellt. Mein Trupp blockiert den Eingang zum Bunker. Niemand kommt hier rein oder raus. «

Der Bundesrat beendete das Gespräch und drehte sich zu Börne um.

» Was halten Sie von der ganzen Sache ? Haben wir in Kandersteg ein Problem der nationalen Sicherheit ? Soll ich meine Bundesratskollegen informieren ? Oder warten wir ersteimal deren Forderungen ab ? «

Börne dachte einen Moment nach, dann meinte er:

» Wir wissen nicht, was die bisher in Kandersteg herausgefunden haben. Eigentlich sollte niemand durch eine der Sicherheitsschleusen tiefer in den Berg gelangen können. Eigentlich. Aber bis heute hat das auch noch kein Unbefugter versucht. Was wir aber garantiert nicht gebrauchen können, ist eine wilde Schiesserei, bei der es Tote oder Verletzte gibt. Nein, ich glaube, wir sollten erst einmal abwarten, was man mit der Aktion eigentlich bezwecken will. Danach können wir Ihre Kollegen im Bundesrat noch immer informieren. «

Der Bundesrat nickte ernst.

» Ja, Börne, ich denke, Sie haben wie immer recht. Veranlassen Sie bitte alles Notwendige und sehen Sie zu, dass rund um die Uhr ein Hubschrauber für uns bereit steht. «

Börne und Hurni sahen fast gleichzeitig, was die Fernsehreporter berichteten. Man zeigte Archivbilder vom Bundesratsbunker und sprach von einem Überfall bzw. einem Einbruch in der weitläufigen Anlage. Kamerateams seien unterwegs und Updates würden so bald wie möglich folgen, dann kam die Werbung.

Börne reagierte sofort. » Herr Bundesrat, ich glaube, jetzt ist es an der Zeit, dass sie Ihre Kollegen informieren. «

Sekunden später erhielt Oberst Steiner den Auftrag, eine Strassensperre zu errichten. Das Gelände sollte hermetisch abgeriegelt werden.

Kein Kameramann oder Journalist sollte in die Nähe des Bunkers gelangen um Aufnahmen machen zu können. Leutnant Pohl gab die entsprechenden Anweisungen, er liess noch Rollen Stacheldraht aus der Kaserne holen. Oberst Steiner war mit seiner Arbeit zufrieden.

Hurni trommelte derweil seine Leute zusammen.

» Hat einer von Euch irgendeine Ahnung, was da oben in Kandersteg passiert ist ? Haben wir nicht schon genug mit der Flugzeugentführung und dem entwendeten Panzer zu tun ? Drei Ereignisse in der kleinen Schweiz. Ich glaube an keinen Zufall, sondern ich bin mir ziemlich sicher, dass sie ein und denselben Hintergrund haben. Daher möchte ich, dass alle Fäden bei uns in Zürich zusammenlaufen. Es ist nur noch eine Frage der Zeit, wann der erste Politiker hier auftaucht und sich mit guten Ratschlägen in unsere Arbeit einmischt. Ich will, dass Schnyder sofort nach Kandersteg geht. Nehmen Sie sofort einen unserer Hubschrauber und berichten Sie uns regelmässig. «

Schnyder stand auf und machte sich auf den Weg. Sein Gefühl hatte ihn nicht getäuscht, der Tag hielt tatsächlich noch eine Überraschung für ihn parat.

Edi beobachtete, was sich ausserhalb der Baracke ereignete. Er sah, wie Pohl seine Männer aufteilte und ein Teil von ihnen mit Stacheldrahtrollen verschwand. Er war beruhigt, nun würde niemand mehr auf die Idee kommen, irgendwelche Gewalt anzuwenden. Er hatte jetzt genügend Zeit. Seine Ausrüstung stand einsatzbereit. Ungestört konnte Edi die wichtigen Aufnahmen vorbereiten.

Olaf beschloss, sich kurz bei Hurni zu melden. Das Funkgerät knackte, die Verbindung nach Zürich war hergestellt.

» Guten Tag. Ich gehe davon aus, dass Sie mittlerweile auch über die Vorkommnisse in Kandersteg informiert sind. Ich möchte Sie fairerweise darauf hinweisen, dass wir für alle drei dieser Ereignisse verantwortlich sind. Die Flugzeugentführung, der Panzerdiebstahl und die Bunkerbesetzung wurden von uns geplant und durchgeführt. Wir werden..... «

Doch Hurni unterbrach das Gespräch abrupt.

» Das wissen wir bereits. Sagen Sie uns lieber, was Sie von uns wollen. Haben Sie vielleicht irgendwelche politischen Forderungen ? Dann wäre es an der Zeit uns diese zu nennen. Das würde die ganze Sache ungemein verkürzen. Eine Menge Leute könnte dann nämlich früher nach Hause gehen und müsste hier nicht länger herumstehen. «

» Wir sind keine terroristische Vereinigung, und wir haben keinerlei politische Forderungen. Bezeichnen sie uns als Händler, denn wir werden ihn schon bald etwas anbieten, was sie sehr, sehr gerne, von uns erwerben möchten. Sie werden sehen. «

Olaf beendete das Gespräch. Hurni sah das Erstaunen in den Gesichtern seiner Leute, niemand konnte sich einen Reim darauf machen, was man ihnen in Kürze verkaufen wollte. Keiner hatte eine Idee.

Meier zuckte mit seinen Schultern und äusserte sich.

» Chef, ich kapier das nicht. Ich glaub, so etwas hat es bisher noch nie gegeben. Normalerweise erpresst man und fordert ein Löse- oder Schweigegeld. Aber hier werden gleichzeitig ein Flugzeug entführt, ein Panzer geklaut und ein Bunker besetzt und anstelle etwas für die Herausgabe zu verlangen, will man uns noch etwas anbieten und verkaufen. «

Hurni zog seine Stirn in Falten.

» Ja, ich muss schon zugeben, das ist alles sehr ungewöhnlich. Wir werden bestimmt bald sehen, was heute noch alles passieren wird. «

Mittlerweile hatte die Anzahl der Schaulustigen rund um den Paradeplatz merklich abgenommen.

Die Bilder vom Panzer waren um die ganze Welt gegangen und hatten den amerikanischen Präsidenten dazu veranlasst

» Do not go to Switzerland – there are terrorists ! « zu twittern.

Aber der erwartete, von allen insgeheim erhoffte Showdown war ausgeblieben, die Zeit verstrich, Presse und Fernsehen konnten keine neuen Schlagzeilen liefern.

Das gleiche Bild bot sich am Flughafen Zürich, auf dem Besucherdeck des Terminals berichtete nur noch ein einziges ausländisches Fernsehteam. Seit Stunden hatte sich nichts ereignet, die Maschine parkte mit geöffneter Tür am Ende des Rollfeldes. Teile der Flughafenfeuerwehr und der Polizei waren bereits abgezogen worden. Auch hier war der von allen erwartete Showdown ausgeblieben.

Schnyder hatte den kurzen Helikopterflug genossen. Der Puma landete auf einem freien Feld direkt neben der Strasse. Der Hubschrauber würde ihn absetzen und gleich wieder starten. Einer von Pohls Soldaten öffnete die Tür. In geduckter Haltung stieg Schnyder aus.

» Wo ist Oberst Steiner ? «

Der Soldat deutete in Richtung der Strassensperre.

» Dort oben. «

Schnyder ging auf Oberst Steiner zu und schüttelte ihm die Hand.

» Schöner Mist, der hier passiert ist. Ich heisse Schnyder und soll Ihren Fall mit unseren beiden Fällen in Zürich koordinieren. Sie wurden ja bereits informiert, dass ein und dieselbe Personengruppe ein Flugzeug entführt und einen Panzer geklaut haben. Jetzt auch noch diese Geschichte hier. Wir versuchen, mit ihnen zu verhandeln, aber bisher hat uns noch niemand Forderungen gestellt. Wir wissen nicht, wer die Leute sind, aber sie selbst sagen von sich, dass sie weder Terroristen noch eine politische Gruppierung seien. Ver-mutlich sind es einfach nur gewöhnliche Kriminelle, die früher oder später eine Geldforderung stellen werden. Wir beide müssen jetzt unsere Informationen austauschen. Wenn es geht irgendwo ungestört unter vier Augen. Danach werde ich meine Kollegen in Zürich informieren. Kommen Sie mit. «

Mit diesen Worten zog Schnyder Oberst Steiner aus der Hörweite der übrigen Soldaten. Pohl blieb zurück und wartete diskret im Hintergrund.

In Bern hatten sich inzwischen alle Bundesräte versammelt.

» Liebe Bundesratskollegen. Vielen Dank, dass Sie alle so schnell zu mir gekommen sind. Mein Assistent wird Sie nun über den Grund unserer kurzfristig einberaumten Sitzung informieren. Börne, fangen Sie bitte an. «

Börne löschte das Licht, der Projektor zeigte ein Bild des Kanderstegbunkers.

» Sie kennen unseren Bundesratsbunker und dessen Geheimnisse ? Sie wissen, was dort vor der Öffentlichkeit verborgen wird ? «

Die im Raum Anwesenden nickten mit dem Kopf.

» Gut, heute haben sich Unbekannte erstmals Zutritt zu der Anlage verschafft und sich in dessen Inneren verschanzt. «

Nun ertönte ein Raunen im Raum. Unbeirrt fuhr Börne fort:

» Wir wissen nicht, wie weit der oder die Täter in den Bunker vorgedrungen sind. Wir wissen auch nicht, was sie bisher gesehen haben. Wir wissen nicht, wer die Täter sind und wir wissen auch nicht, was sie fordern. Kurzum, wir wissen im Moment überhaupt nichts. Wir verlassen uns einzig darauf, dass unsere Schutzmassnahmen ausreichen, um einen Zutritt zu – sagen wir einmal - sensitiven Bereichen zu verhindern. Der Bunkereingang ist momentan von Soldaten abgeriegelt, niemand kommt rein, niemand kommt raus. Das soweit zum Fall Kandersteg. Nun haben wir aber noch zwei weitere Fälle, die mit dem ersten in direkter Verbindung stehen. Eine Flugzeugentführung am Flughafen Zürich und einen geklauten, voll munitionierten Panzer vor der Schweizer Nationalbank. Alle drei Aktionen wurden zeitgleich von ein und derselben Gruppe ausgeführt. Bei allen drei Aktionen liegen uns keine Forderungen vor. Die Einsatzkräfte vor Ort haben zwar verschiedene Krisenszenarien durchgespielt, aber allen Beteiligten erscheint es am Sinnvollsten, erst einmal abzuwarten. Das ist der momentane Stand der Dinge. Haben sie noch irgendwelche Fragen ? «

Im Saal herrschte betroffenes Schweigen, niemand hatte eine Frage. Alle waren geschockt.

Auch vor dem Bunkereingang herrschte Ruhe. Die meisten Soldaten standen an der Strassensperre Wache. Von Scharfschützen oder Spezialeinheiten war nichts zu sehen. Edi konnte seine Arbeit nun ungestört zu Ende bringen. Zeit genug hatte er ja. Im Verlauf der letzten Stunden war er auf keine weiteren Sicherheitsvorkehrungen gestossen. Und dass, obwohl man in der Öffentlichkeit immer wieder von tödlichen Fallen und unüberwindbaren Hindernissen sprach.

Einzig Olaf schien beunruhigt zu sein. Ihm ging einfach die Frage nicht aus dem Kopf, ob man seine letzten Handyanrufe hatte zurückverfolgen können. Würden in wenigen Minuten schwerbewaffnete Polizisten vor dem Haus halten und seine Wohnung stürmen ?

Er schaute sich den Verkehr auf der gegenüberliegenden Kantonsstrasse an, es war das gewohnte Bild. Der Feierabendverkehr hatte begonnen, die Autos standen Stossstange an Stossstange. Langsam begann er sich zu entspannen. Es schien alles in Ordnung.

Derweil langweilte sich Willy. Noch mehr Champagner zu trinken, erschien ihm nicht ratsam. Er fühlte sich bereits leicht bedüselt.

Er schaute Deville an. » Was halten sie von einer Pizza ? «

Deville lächelte. » Ich dachte schon, Sie würden niemals danach fragen. «

Walter rieb sein rechtes Knie, es schmerzte. Der Panzer glich einer Sardinenbüchse, es war eng und er war müde. Sollte er kurz schlafen ?

Währenddessen fluchte Edi, irgendetwas stimmte mit der Verkabelung nicht. Er konnte die gewünschten Bilder nicht senden. Vorsichtig kontrollierte er jede einzelne Steckverbindung.

» Olaf, ich habe ein technisches Problem. Ich benötige mehr Zeit als wir eingeplant haben. «

» Kein Problem, das schaffst Du schon. « antwortete Olaf, er vertraute Edi voll und ganz.

Als das Funkgerät piepte, meldete sich Hurni. » Ja ? «

» Geben sie mir eine Internetadresse, unter der ich Sie erreichen kann. In der nächsten Zeit werde ich Ihnen etwas sehr Interessantes zu mailen.   Danach werden wir unsere Forderungen nennen. Und bitte, versuchen Sie mich nicht noch einmal aufzuspüren, es ist nicht in Ihrem Interesse und schon gar nicht im Interesse der Schweiz. «

sagte Oli mit einem drohendem Unterton.

Im Interesse der Schweiz ? Hurni hatte keinerlei Vorstellung davon, was sein Gesprächsteilnehmer damit meinte. Ratlos blickte er sich um.

» Schnyder, sagten Sie nicht, dass jemand aus dem Bundeshaus bereits vor uns mit Oberst Steiner gesprochen hat ? Wie heisst der Mann noch ? Ich glaube Börne oder so ? Gut, ich muss ihn unbedingt sprechen. Und Schnyder, noch etwas: Mein Bauchgefühl sagt mir, dass wir uns warm anziehen müssen. Da kommt etwas sehr Unangenehmes auf uns zu. «

Börne hatte gerade seinen Vortrag im Bundeshaus beendet, als ihn Hurnis Anruf erreichte. Hurni berichtete ihm ausführlich über die letzten Ereignisse, er unterbrach ihn nicht, sondern hörte ihm aufmerksam zu.

» Wenn das so ist, sollten wir vielleicht auch den Bundesstaatsanwalt verständigen. Ich werde das koordinieren, wir bleiben in Kontakt, besser noch, ich komme sofort zu Ihnen nach Zürich. Ein Helikopter steht bereits bereit. «

Olafs Handy läutete.

» Ich bin es, Edi. Ich musste etwas herumfummeln aber jetzt hat es geklappt. Ich schicke Dir jetzt die Aufnahmen ! «

Olaf war auf die Qualität der Bildübertragung gespannt. Der Bildschirm flimmerte kurz, dann sah er eine Palette mit Goldbarren.

» Etwas schärfer, mehr Kontrast. Die Stempel und Seriennummern der einzelnen Barren müssen klar zu erkennen sein, wenn ich die Aufnahmen weiterleite. Du weisst, wir haben dafür nur einen einzigen Versuch. «

Edi zoomte mit der Kamera noch ein wenig näher heran.

» Stop, gut so. Jetzt ist es perfekt ! « Olaf war mehr als zufrieden.

Der für sie alles entscheidende Moment war gekommen.

Börnes Hubschrauber war gerade auf dem abgesperrten Bürkliplatz gelandet, als sich Olaf wieder bei Hurni meldete.

» In den nächsten Sekunden werde ich Ihnen ein paar Filmaufnahmen zusenden. Sie werden unschwer erkennen, dass diese Bilder in Kandersteg entstanden sind. Schauen Sie bitte genau hin. Ich bin sicher, dass es Ihnen danach sehr leicht fallen wird, unsere Forderungen zu erfüllen. Ich werde mich dann später wieder bei Ihnen melden. «

Börne hatte gerade das zum provisorischen Kommandoraum umfunktionierte Büro betreten, als die Bildübertragung begann. Unaufgefordert setzte er sich neben Hurni auf einen der vorhandenen Drehstühle.

War das etwa alles ? Nur eine Palette sauber gestapelter Goldbarren ?

Beide starrten auf den Bildschirm. Was wollten die Erpresser ihnen damit mitteilen ? Was war an den hier gezeigten Barren so besonders ? Börne bemerkte es als Erster.

» Grundgütiger, das darf doch wohl nicht wahr sein ! «

Dann ging er zum Telefon und wählte die Nummer des Bundesrats.

» Herr Bundesrat, wir haben definitiv ein Problem der nationalen Sicherheit. Bitte verständigen Sie auch den Bundesstaatsanwalt und kommen Sie so schnell wie möglich nach Zürich. «

» Können Sie mir nicht einen Hinweis geben, um was es hier geht ? Schliesslich muss ich dem Bundesanwalt ja auch etwas mitteilen. «

Börne dachte einen Moment nach.

» Erinnern sie sich noch an die Affäre Meili ? «

» Oh Gott, ist es so schlimm ? «

» Ich befürchte, es ist noch viel schlimmer. «

Börne glaubte ein leises Stöhnen zu hören.

» Okay, ich werde den Bundesanwalt sofort verständigen. Wir zwei übernehmen von nun an die Verantwortung. Ziehen Sie alle anderen Leute ab und stellen Sie eine abhörsichere Standleitung zu den Erpressern her. Ich werde noch meine Kollegen hier im Bundeshaus über den neuen Stand der Dinge informieren, dann mache ich mich auf den Weg. «

Olaf war zufrieden, die gesandten Bilder waren gestochen scharf und zeigten jedes Detail. Sie würden ihre Wirkung nicht verfehlen. Er war sich sicher, dass man seine Forderung ohne jede Diskussion akzeptieren würde.

Börne und Hurni waren die einzigen im Büro. Schweigend warteten sie auf die Ankunft des Bundesrathubschraubers.

Nach vierzig Minuten setzte die Maschine zur Landung an. Ohne eine weitere Verzögerung führte man den Bundesrat und den Bundesanwalt, der in seiner Begleitung war, in den abgedunkelten Kommandoraum. Die Männer schüttelten sich die Hände und setzten sich gemeinsam vor einem der Computer. Börne deutete auf den Monitor.

» Sehen Sie sich bitte einmal die Paletten an. Was fällt Ihnen an den Goldbarren auf ? «

» Mein Gott, was ist das denn für eine Sauerei ? Man sieht ja auf allen Barren einen Naziadler ! «

Der Staatsanwalt wischte sich mit einem Taschentuch den Schweiss von der Stirn.

» Wenn die Aufnahmen wirklich echt sind, dann Gnade uns Gott. Nicht vorzustellen, was passiert, wenn die Bilder an die Weltöffentlichkeit gehen. Man wird uns in der Luft zerreissen. Sind die Seriennummern authentisch ? «, fragte ihn der Bundesrat.

» Soviel wir wissen, wurden die Barren im Zeitraum von Ende 1944 bis Anfang 1945 in die Schweiz geliefert. Wo überall die Barren in den letzten Jahrzehnten gelagert wurden, kann man nicht mehr nachvollziehen. Aber wie man sieht, befinden sie sich jetzt in Kandersteg. «

» Sind Sie sicher, dass die Bilder echt sind und kein Fake ? « fragte der Bundesrat.

» Darauf kommt es im Endeffekt gar nicht an. Dass die ganze Welt die Nazibarren aus der Schweiz zu Gesicht bekäme, einzig das zählt. Wer würde uns glauben, wenn wir deren Existenz leugnen würden ? Niemand ! «

» Vermutlich haben sie recht, also wird man uns mit der Veröffentlichung der Bilder drohen und erpressen. Wurden bereits Forderungen gestellt ? Ich glaube ja kaum, dass der oder die Erpresser mit den Barren unter dem Arm verschwinden wollen.«

»Nein, das ganz sicher nicht.« meinte Hurni.

»Ich denke, man wird uns noch ein Weilchen schmoren lassen und uns die

Möglichkeit geben zu überprüfen, ob die Nummern der Barren tatsächlich zu einer Nazilieferung gehören, was wir ja bereits überprüft haben und bestätigt bekamen. Ich hoffe, dass dieser Alptraum bald vorbei ist. «

» Also ging es den Erpressern von Anfang an gar nicht um eine Flugzeugentführung oder einer Belagerung der Nationalbank ? « , fragte der Staatsanwalt.

» Nein, nie. «

» Haben wir eine Möglichkeit die Erpresser rechtzeitig ausfindig zu machen und zu verhaften ? «

Hurni schüttelte bedauernd den Kopf.

» Nein, Börne und ich sehen da keine reale Chance. Wir haben ermittlungstechnisch bereits alles versucht. Unsere Optionen sind ausgereizt. Wir werden zähneknirschend bezahlen müssen. Sie erinnern sich vielleicht noch an die Affäre Meili ? Wie hoch seinerzeit die Wellen schlugen. Und wie gross unser Imageschaden in der internationalen Öffentlichkeit war. Nein, so etwas darf uns nie wieder passieren, nie wieder. «

Sie sahen sich betroffen an. Der Staatsanwalt wischte sich immer noch den Schweiss von der Stirn. Dann fragte er:

» Was meinen sie denn dazu, Herr Bundesrat ? «

» Ich meine, dass die beiden Herren recht haben, wir werden nicht darum

herumkommen, die Forderungen der Erpresser zu akzeptieren und ein Schweigegeld zu zahlen. Egal, in welcher Höhe das auch sein mag. «

Der Staatsanwalt setzte sich.

» Ja dann, tun Sie bitte, was sie für richtig halten. «

Voller Spannung wartete man am Bürkliplatz auf den nächsten Anruf, der aber auf sich warten liess, da Olaf gerade mit seinen Leuten redete und die letzten Instruktionen erteilte.

» Durchhalten Jungs, es geht jetzt um Alles oder Nichts. Ich werde ihnen gleich unsere Forderungen unterbreiten, auf die man diskussionslos eingehen wird. Da bin ich mir absolut sicher. Danach können wir Feierabend machen und ein kühles Bier trinken. «

Olaf atmete kurz durch, dann sprach er mit ruhiger Stimme.

» Börne, Hurni, hören Sie mich beide ? Sie haben sicherlich die Bilder gesehen, und wie ich wohl richtig vermute, in der Zwischenzeit auch die jeweiligen Barrennummern überprüft. Sie wissen demnach, von wann und von wem sie stammen. Sie werden mir zweifelsfrei zustimmen, dass es sich hierbei um keine gute Werbung für die Schweiz handelt. «

Olaf vernahm so etwas wie ein Stöhnen im Hintergrund.

» Ja, ja. Bringen wir die Sache einfach hinter uns. Sagen sie uns, was sie für ihr Schweigen verlangen ? «

» Erstens: 10.000 Bitcoins, die genauen Kontodaten gebe ich ihnen noch bekannt. Zweitens: Sie verhaften uns zum Schein, gewähren uns aber freien Abzug mit dem Flugzeug, das in Zürich - Kloten steht. Drittens: Nach erfolgter Überweisung der Bitcoins werde ich ihnen mitteilen, auf welchem Schweizer Server die Fotos gespeichert sind. Dann können sie mit den Daten machen, was sie wollen. Viertens: Damit sie nicht auf den Gedanken kommen, uns vielleicht doch noch festzuhalten und zu verhaften. Ich habe einen versiegelten Brief bei einem befreundeten Anwalt hinterlegt. Dessen Inhalt wird an die Presse gehen, sobald unsere Verhaftung bekannt werden würde. «

Börne sah Hurni kurz an, dieser nickte leicht mit dem Kopf. Da man den oder die Erpresser nicht unter Ausschluss der Öffentlichkeit an einem Ort wie Guantanamo wegschliessen konnte, musste man wohl oder übel auf ihre Forderungen eingehen.

» Wir sind einverstanden. An welchem zeitlichen Rahmen denken Sie dabei ? «

» Zuerst betanken sie das Flugzeug , dann veranlassen Sie die Überweisung der Bitcoins. Da das bekanntlich eine Weile dauert, melde ich mich in einer Stunde wieder bei Ihnen. Die benötigten Daten sende ich Ihnen sofort zu.«

» Okay, dann machen wir das so.«

Hurni erteilte die notwendigen Anweisungen, während Börne den wartenden Staatsanwalt und Bundesrat informierte.

» Unser Staat hat sich heute erpressen lassen. Das ist eine Schande, die uns nie wieder passieren darf ! Die Öffentlichkeit darf niemals erfahren, was eigentlich am heutigen Tag passiert ist. Ich denke, alle im Raum anwesenden Personen sind da der gleichen Ansicht ? «

Der Staatsanwalt schwieg, es schien, dass er einen unsichtbaren Fleck an der Wand anstarrten würde. Dann meinte er.

» Ja, es wird zum Wohle unserer Demokratie und unserer Volkswirtschaft sein, wenn wir kein Wort über die tatsächlichen Ereignisse von heute verlieren werden. Ver-haften sie alle Beteiligten zum Schein und lassen Sie sie dann wieder laufen. Danach geben Sie ein Statement an die Öffentlichkeit ab. Als langjähriger Politiker fällt Ihnen das bestimmt nicht schwer. Und jetzt werden die Herrschaften mich bitte entschuldigen. Ich glaube, meine Person wird heute nicht mehr gebraucht. Auf Wiedersehen. «

Dann erhob er sich schwerfällig von seinem Stuhl und ging zur Tür.

Olaf konnte seine Freude nicht unterdrücken, er jubelte laut. Sie hatten es tatsächlich geschafft. Er war fest davon überzeugt, dass sie nun nichts mehr aufhalten könnte.

» Jungs, ich bin richtig stolz auf Euch ! Die Bitcoin Überweisung ist am Laufen. Es hat alles geklappt. Als nächstes werden sich Edi und Walter verhaften lassen. Willy, Karla, ihr zwei wartet auf uns im Flieger. Die Maschine muss startklar sein, wenn wir kommen, sorgt dafür. Wir sehen uns dann alle später. «

Olaf warf die Handys in die Ecke, er würde sie von nun an nicht mehr brauchen. Dann nahm er seine gepackte Spor-ttasche, sah sich noch einmal um und fuhr zum Flughafen.

Willy gab Karla einen Kuss.

» Na, Deville, haben Sie Lust, den Flieger zu starten ? «

Kapitän Deville grinste zurück.

» Ich habe heute Abend noch nichts vor, wo soll es denn hingehen ? «

Edi begann damit, aufzuräumen und Spuren zu verwischen. Niemand sollte Rückschlüsse darauf schliessen können, was in der Baracke eigentlich passiert war. Er konnte sich die erstaunten Gesichter der Spurensicherung vorstellen. Nichts war gestohlen worden. Und wenn er gleich vor die Tür treten würde, würde alles wie zuvor aussehen, unberührt.

Edi schaute sich nochmals kurz im Raum um, dann ging er in den Nebenraum und löste dem Security Mann die Fesseln.

» Komm steh auf, die Show ist vorbei. Wir zwei gehen jetzt zusammen nach draussen. «

Walter sicherte die Kanone des Panzers. Er wollte nicht, dass sich noch in letzter Sekunde ein Schuss lösen würde. Er öffnete die Turmluke und rief gut gelaunt über den Platz: » Taxi ! «

Zurück blieben zwei Polizisten, die den Panzer bis zu seinem Abtransport bewachen sollten. Alle anderen Einsatzkräfte zogen sich auf Börnes Anordnung hin zurück. Der Spuk am Paradeplatz endete, so wie er begonnen hatte, plötzlich und unerwartet.

Der Wagen zum Flughafen stand bereit. Börne musterte Walter neugierig. Er konnte aber nichts Aussergewöhnliches an ihm feststellen. Keine Spur eines Superhirns. Für ihn sah der Mann vollkommen durchschnittlich aus.

Die Maschine in Kloten war vollbetankt und startbereit. Willy wartete geduldig auf seine Kameraden, während Olaf geduldig im Stau stand. Im Gubrist, wo auch sonst.

Als letzter von ihnen erschien Edi am Flughafen. Das Militärfahrzeug, was ihn brachte, mochte im Gelände gut sein, aber auf der Autobahn gab es nicht viel her.

Minuten später hob die Maschine ab, direkt in die Abenddämmerung hinein. Stunden später lag Zürich bereits tausende Flugmeilen hinter ihnen.

Derweil hatte sich am Paradeplatz die Menge der Schaulustigen in Luft aufgelöst. Normalität war eingekehrt, und der Panzer war abtransportiert worden.

» Hüppi, kommen Sie doch bitte einmal her.«

Hüppi, ein blasser junger Mann mit einer dicken Hornbrille trat vor.

» Ja, Herr Bundesrat, was wünschen Sie ? «

» Gehen Sie bitte an die Öffentlichkeit und teilen Sie mit, dass die heutigen Vorfälle eine nicht angekündigte Terrorübung des Bundes war. Eine sehr erfolgreiche Übung, bei der wir uns bei allen Beteiligten bedanken. Das sollten Sie als Presse-sprecher ja wohl hinkriegen. Ich verlasse mich dabei voll und ganz auf Sie. «

Mit diesen Worten verliess der Bundesrat als Letzter den Paradeplatz.

Aruba, Karibik

Die Sonne war bereits untergegangen, das Meer war spiegelglatt und ruhig. Drei Männer und eine Frau sassen gemeinsam in einer kleinen Strandbar. Auf ihrem Tisch standen mehrere leere Flaschen, der Aschenbecher quoll über.

Alle vier waren bester Laune. Es sollte ein ausgelassener Abend werden, bis zum frühen Morgen würden sie zu-sammensitzen und ihren gelungenen Coup feiern.

» Woher wusstest Du eigentlich, dass Nazibarren in Kandersteg lagerten ? « fragte Edi.

» Habe ich ja gar nicht. « antwortete ihm Olaf.

» Willst Du damit sagen, es hätte genauso gut sein können, dass wir unseren Arsch für nichts riskiert hätten ? «

Olaf lächelte. » Stimmt, letztendlich war alles nur ein Bluff. «

Historischer Hintergrund

Während des Zweiten Weltkriegs nahm die Schweizerische Nationalbank von der Deutschen Reichsbank grosse Mengen von Gold als Zahlungsmittel für schweizerische Exportlieferungen entgegen. Ein grosser Teil von diesem Reichsbankgold war entweder von den deutschen Besatzungstruppen aus den Beständen der besetzten Länder (Niederlande, Belgien, Luxemburg, Frankreich, Polen, Tschechoslowakei etc.) geraubt worden, oder aber es stammte von den Opfern der nationalsozialistischen Judenverfolgung.

Aus: www.geschichte-schweiz.ch